좋은 사람들과
함께 읽고 싶은 시

한 그루 소나타

최명희 시집

도서출판 **코레드**

한그루 소나타

최명희 시집
한그루 소나타

발 행 일 : 2025년 1월 1일
지 은 이 : 최명희
　　　　　cmh515888@daum.net
발 행 처 : 도서출판 코레드
　　　　　서울시 중구 16길 39 근화빌딩 4층
　　　　　T. 02-2266-0751 F. 02-2267-6020
ISBN 979-11-89931-90-2
값 12,000원

* 본 도서는 한국예술인복지재단 '2024년 예술활동준비금지원사업' 으로
　선정되어 발간하였습니다.

시인의 말

여백에 바람이 불었다

부단했던 청춘의 설렘과 정열의 꽃밭에서

우리는 수많은 불꽃같은 번뇌의 계절을 보내고

잡히지 않는 행복과 잃어버린 사랑에 대하여

과거를 이야기하고 미래를 꿈꾸었다

젊음도 가고 그대도 그녀도 멀어져 간

붓을 들어 지평을 연다.

차례

제1부

제2부

제3부

제4부

제5부

제1부

민들레와 나비의 사랑

버스 정류장

노랑나비 한 마리 출근을 한다
너울너울 시선을 따라
어디에서 길을 잃어 예까지 왔니
속엣 말 들었는지

보도블록 틈새
낮은 D단조 민들레와 해후
간지 럼 간지 럼 사랑의 밀어를 피워놓고
사~뿐
향기 찾아 사선을 넘어 간다

건조한 도심을 촉촉하게 피운 한 마리 풍경
너울 속을 홀로 둘 수 없어
아슬아슬 내 마음도 날고 있다

아무렇지도 않은 듯
홀로 핀 향기를 밟고 가는 건조한 분주
아픈 향기를 듣고
무언의 시간 속을 날고 있다

사건1호

봉해 둔 증거를 땅속 깊이 묻어 두고
아무도 마음 두지 않았다
봄비가 여러 차례 다녀가던 날
가려움증처럼 올라온 붉은 종기
누군가 저 깊고 서늘한 경계를 넘어오고 있는 발자국
환영처럼 멀어졌다 다시 오고
푸른 소문이 동네어귀에 입성 할 즈음
창문이 들썩거리고 먹구름을 몰고 올 천둥번개
묻어둔 시간 속에서 터널을 통과했다는 분분한 전갈
아무에게도 사건의 전말을 시시콜콜 말하지 않기로
했다
완화삼을 걸쳐 입고 푸른 시간 속으로 걸어가던 그가
헬리콘 산 샘물을 벌컥벌컥 마셔버렸다
접신이 시작되다

詩잘데없이,

시간은 쏜살같이 노을에 걸려있다
자랑할 것도 후회할 것도 없는 공수래
가는 길은 비지니스석도 아니요 카페리호도 아닌,
단벌 빈 손
그녀 푸념이 열두 말로도 모자라다
화살처럼 달려온 화려한 무대 별별 실없다
좌판에 앉아 하루를 파는 노파 앞에서 우선멈춤
호박잎 한 바구니 흥정을 하고 있던 그녀
벤츠를 타고 오지 말았어야 했다
햇볕에 시들거리던 호박잎 불끈 일어 선
별별일 다 본다고,
세워 둔 벤츠
고개를 수그리고 꽁무니를 빼고 싶어 안달이다
그녀 안부를 묻고 싶지 않다고 싹쓸이를 해버린 바람
고장 난 기둥에서 줄 줄 새고 있는 그녀
만감이 교차로다

민달팽이 저력

베란다 화분들이 하나 둘 이사 오고
어느 날
불법체류 해버린 낯선 손님

투명 유리 무대에 오르고 있다

거실을 섭렵하듯 수직을 향한 등반
내실 안 동공을 확장시켜놓고
더 이상 불법체류 할 수 없다고 펜스 치던 커피가루

날 잡아 목욕재계를 마친 베란다
카페 향은 어디에도 없다 다시
도전에 성공한 민달팽이
저변을 공략해 보지만
날 선 눈길을 피해 갈 순 없다

집 없이 떠도는 나그네의 길
두려움은 온몸 진액으로 무장했다

죽음도 축복일 때가있는가

그녀 쏜 끝 낙하 팔 층
짜릿한 쾌감으로
저 높은 곳을 향하여
진일보,

설중매 (홍매화)

칼바람이 마른가지를 흔들어 댔다

실오라기 하나 걸칠 수 없는
마지막 잎 새마져 내려놓으라 했다

침묵으로 내면을 다지는 동안
한기가 뼛속까지 강타했다
온몸에 부풀어 오른 푸른 종기

마스크로 복면을 해도 피해 갈 수 없는
바이러스와의 전쟁
남녘으로부터 *네 마리 말보다 빠르게 올라온 봄

봄의 화엄(華嚴)을 들려주기 위해
심욕(心慾)의 굳은 내피를 걷어 낸 너
통과의례를 거친 마디마디
천지 사방 성문이 열리고

지문을 열어 행간에 즈믄 시간을 저장했다

* 駟不及舌(사불급설) : 네 마리 말이 끄는 수레도
  사람의 혀에는 미치지 못 한다는 뜻

첫 눈

밤새 오는 듯 머무는 듯
쉬었다 다시 오고
발자국 소리에 귀 기울이면
요람에서 들려오는 자장가처럼

즈믄 시간을 건너
구름을 지나 산맥을 넘어
搖落(요락) 하던 무늬들
봄, 여름, 가을
그리고 동토에 잠든,
벗어버린 상념의 기억들을 덮어버렸다

바람도 어쩌지 못해 곁에 드러누워
뒤척이는 밤

찬란한 부활을 꿈꾸기 위해
깊고 낮은 곳으로
내려가기를 마다하지 않기로 했다

천상에서 들려오는 노래
겨울은 하얗게 펼친 화음이다

즈믄 바람

밤새,
소곤 거리 듯
잠결을 깨우는 듯
호랑이 알로에 붉은 심장 뒤지 듯
분명, 누군가 오고 있었어

상행 열치에 올라 탄 소문은
말릴 수도 없이

여기저기 불을 댕기는 거야
서늘하게

저 ~ 고운 화염을 어쩔 수 없어
그냥 속절없이 바라만 보기로 했지

숲으로 전진하는 무리들
심장이 들끓고 있는데,

서해에서 온 귀빈

서해 어느 바닷가 외딴집에서 분양 받아
흙 한 줌 없는 유리병 속에 심지를 꽂고
반복되는 시계추의 하루는 바쁘다
갈증은
밑동마저 말라버린,
빗방울이 뇌리를 두드렸다
무심한 시간을 그녀에게 사과하고
후회와 미안함으로
벌컥 벌컥 다짐을 해 본다

그녀를 홀로 남겨두지 않기로 했다
시침이 반 바퀴 돌았나보다
푸르게 일어서고 있는 그녀
여름을 넘어 가을을 지나 겨울 앞에 선
한 모금의 정성과 태양의 속삭임

마디마디 소통으로 번져가는 동안
방안가득 그녀의 내음이 번져간다

엄동설한
푸른 이야기를 들려주는 그녀 곁에서

한 해를 환기시켜 놓고
재생의 푸른 봄을 펼쳐 읽다

작약도

모꼬지가 있던 날
낯설고 물 설은 곳을 향하여 바퀴에 올랐다
선약을 자처하며 갈아타기를 여러 번
선착장에 발을 옮겨놓고
바다 가운데 섬 하나 우뚝
그가 출렁 출렁 멀미 같은 부호들을 꺼냈다
섬으로 가던 화물선은
무인도에 내려두고 어쩌자는 건지,
호기심은 통통거리며 물가를 주물럭주물럭
갯벌을 배회하며 바다와 주고받은 대화
주인도 없는 섬에 주인을 자처하며
수채화 같은 물결 한 폭 찰랑거렸다

내면을 풀어헤쳐본다
단아하게 떠 있는
너에게도 파란의 시간이 썰물과 밀물처럼 다녀갔을

네 고향은 바다
청춘의 손길이 섬에 닿을 때마다
설렘은 만삭이 되어
서해에서 몸을 풀고 해 뜨는 곳에 자리 잡은 만석동 산 3번지

방황의 세월은 거센 조류를 치받아 '물치도' 라 했던가
격랑의 물살 따라 첫 발을 내딛고
물 내음 짠 내음 품은 그를 따라 와 터 잡고 살아온
수십 년
살빛 바다가 튀어 오르면 함께 세월을 헤치며 건너 온,
물어물어
여백에 앉아본다

스님의 유고

길상사
주인 잃은 낡음이여

주승은 어데 가고
홀로 독경에 들었는가!

밑변과 중심도 세월에 쏠림인가
바람 불면 부는 대로
눈비 오면 눈비 맞으며

거친 세월 돌아보니
아쉬움도 미련도 없는
침묵의 시간만이 쌓이는데

풍경소리 골짜기를 돌아
무시로 해거름만 그림자 따라 나서는구나

여름, 젖어버린 무대

예감이라도 했던 걸까
그악하게 울어대던 너

날궂이에 들어간 듯
살풀이가 시작되고

순간 새까맣게 밀려오던 먹새구름사이로
하늘 문이 열렸나 보다

며칠 밤 꿈결을 다녀가신 어매
묵시로 들려주시던 말씀

귀가 있어도 듣지 못 했소
눈을 뜨고도 볼 수가 없네
하반신도 젖어버린
피할 길이 없던 우산

장마에 쓸려 바다로 떠나버린 걸까
한 마디도 들을 수가 없다
여름 한 철 격정을 인내한 너의 무대

범람했던 시간이 흘러가고
다시 무대로 올라서야
깊은 잠에 들 수 있는 맴

저문 오후

치매가 길을 잃고 헤매고 있다는 속보가 폰 속으로
올라오고 있다
귀가시간
노을 한 그루 계단에서 기웃 뚝 선혈이 낭자하다
삐걱거린 자리에서 으악 새 소리가 났다
건너가 버린 동강
노을 따라 쓰나미가 무차별 할퀴고 간다는 소문이
마을에 입성 할 즈음
바람이 전신을 강타했다는 사건보도
응급처치를 하고 119에 오른,
방사선이 지나가고 CT가 곳곳을 뒤지고도 모자라
MRI가 최종 검열에 들어갔다
맥없이 온몸을 친친 동여매고
달이 몇 바퀴 돌아야 기브스를 풀 수 있을지 모른다는
예보다
전신에 둘러싸인 쥐도 새도 모르게 사라진 겹겹
사라진 시간을 찾아서 후진을 반복
제자리로 돌아올 수 있을지 불안전한 미래
생의 안전한 곳은 어느 곳도 없다
뚜벅뚜벅 홀로 가는 노을 길
밤이 깊다

빈방

연둣빛 행진으로 찬란한 봄
청량을 퍼 마셔도 숲은 그대로인데,
내면의 갈증은 서해로도 막을 길이 없어 행간을
오르락내리락
열어 둔 창문 안으로 경계를 넘어오는 한 마리 너울
창가에 기대어 먼 하늘 안부를 물어 본다
피안의 하늘가
솜털 보다 포근한 당신을 거기에 보내 놓고,
화단의 꽃들은 막내딸 닮았다고 우겨대시던 어매
바람이 솜털 구름을 밀고 다니던 날엔
장롱속도 헐렁해져서,
당신이 계시는 그곳으로
그리운 사연일랑 하늘하늘 접어
저 하늘에 띄워나 볼까나
구름이 흘러가는 출처 일랑 묻지 않기로 했다
정처 없이 흘러가다 사라지는 한 조각
세월의 화살을 잡을 길이 없다고
바람이 허공을 종일 쓸고 있다

6월, 그날이 오면

아침마다 봉홧불처럼 피어오르는 동녘 하늘가
뻐꾸기 애국가를 부르며 동네를 깨웠다
화단. 울타리. 담벼락에서도 국화가 되겠노라
이름 없이 빛도 없이
하늘에 산화한 영령들이 꽃으로 피어 있다
뜨겁게 호소하고 있는 저― 서늘한 얼굴 얼굴들
국회의사당 앞마당에 불끈 심장을 쥐고
나라 위해 조국 위해
이 한 목숨 불꽃을 태웠노라
방방곡곡 횃불처럼
종소리로 울려 퍼지고 있다
태극기 휘날리며,

꽃들의 모꼬지

꽃이 가출을 했다

어디로 튈지 아무도 알 수 없다
날씨가 꾸무럭거리긴 해도 가출한 꽃에게는 완성 맞춤

대문을 나서기 전
가방 속은 흥얼흥얼 신이 난 듯
창밖은 찜통이다

입안에서 詩부렁거린 소릴 들었는지
서해에서 바람을 몰고 온다는 소문이다

왕이 행차하신 길이였을까
지금 서 있는 곳이 왕길 이다

꽃이 내렸다고 일열 횡대
꽃답게 웃고 있는 꽃들에게
향기로 샤워를 했다

오늘 배낭은 두둑하게
야생초들의 사연일랑 꾹꾹 눌러
담아 갈 요량이다

호랑이 백

가계도를 펼쳐본다
호랑이 다섯 마리 배경 삼아 동네 골목대장 자처 한다

등하굣길
부르지도 시키지도 아니했건만
줄줄이 동네 사내 녀석들 납시어 대령하던,
시킨다고 할 일인가

곰탱이 감나무 집 또래 녀석
고봉밥을 축내선지 책가방 마부를 자청하고 나섰다

본디 피부는 유전자를 닮아서 백옥이라 불러준다
생긴 대로 잣대를 들이 댄 미인의 기준
형제자매 다복하면 大吉이라 했겠다

뭐니 뭐니 해도 그 시절 호랑이 오라버니백이
명품이었던 시절
혼기바람 불어올 제
호랑이 무섭다고 벌벌 떨던 사내들

겁 없이 대문 앞에 자리하나 깔아 놓고 호령하던

간이 밖으로 나온 남자

밤마다 드르렁 드르렁 코로 시를 쓰고 있다
氣도 차지 않는 0감이다

세월 갔다고 통 큰 간을
마누라에게 넘겨줄게 뭐람,

한통속

영산홍 볼을 붉히며 철쭉에게 말을 걸었다

너와 난 닮은 꼴
시원은 어디일까

세월은 넘실거리며 본색을 찾아 어디론가 산맥을
따라갔지
근원을 찾아가는 길은 멀고 아득해서 족속을 이루어야
한다는
복명을 받아 철쭉으로 영산홍으로 일가를
이루었는지도 몰라

그러나

잊어선 안 돼
우리의 시원은 거시기였다는 것을,
저만큼 서 있는 진달래가 고즈넉이 말을 했다

우린 봄이 되면 누군가에게 기쁨을 주기 위해
살며시 웃으며
한 해를 시작하는 족속이지

그것이 꽃들의 행복이라고 바람은 속삭였어,

지필묵놀이 족속들도 모두 詩詩하게 한통속인지도
몰라

제 2 부

별난 축제

며칠 전부터 소문이 마을로 내려왔어

상부의 명령이라고 하기엔
하부의 복명이 전시태세야

뒷산 봉우리로부터 타오르는 불
소방서에 전화를 해도 소용없다는 거야

번지는 저 불꽃 속으로 진격하고 있는 무리들
아무도 말릴 수가 없는데

밤새 사건 없음

아무도 불을 끌 수 없다고
여기 그대로 누워버리자는 거야

불길에 담금질하지 말라는
지령을 받고,

산맥이 붉게 타는 이유를
바람에게 물어보기로 했어

저 서늘한 불꽃이 사라질 때까지,

아카시아

진달래 봄이 온다고 뒤 곁에서
달거리를 하는 동안
영산홍, 철쭉 앞 다투어 봄경을 치르는데
그중에 명자 고년만 내숭을 떨며 숨어
교태를 부리고 있다
봄비가 서너 차례 달거리 씻어 내고
뽀얗게 얼굴을 내밀 던,

이팝나무와 한솥밥을 먹었는지 동네방네 쌀밥으로
지천이다
보리밥으로 방구들 부서진다고 눈 흘기던 시절도
호랑이 담배 피는 계절 속으로 희미해져가고
쌀밥보다 보리밥이 구들장에는 으뜸이라고
항상 우기고 보는 동네 할베
낭만 객과 선비들의 네 벗들은
일필휘지 먹물이 익어 가는데,

설렘 들렘 마을로 하강하고 있는
환장 할 저 향기 좀 보게나,

숙성시킨 봄

그냥 오는 법이 없는 계절
그녀와 모꼬지를 즐기는 동안
겹겹이 벗어버린 날개 사이로
불청객이 동행을 했다

황하로부터 국경을 넘어온 불법체류
호흡기관을 통과하지 못하고 걸려있는 가시처럼

불특정 다수에게 전염을 시키겠다는 오랑캐 심사
목욕재계를 하고 궁리를 해 본다

의식에도 구멍이 났는지
신음소리가 요란하게 몇 날 밤
짐승소리가 목에서 발현
달팽이관 속으로 흘러들어오던 날
공감각에 붉은 신호등이 켜졌다

의식과 무의식을 사정없이 지배하고
불청객에게 알약을 투여
붉은 열기를 뽑아냈다

뜨거운 기류가 화단으로 배달되었나 보다
가지마다 일제히 밀고 나온 정념의 푸른 횃불
천상에서 웃음소리가 하르르 들려왔다

꿈인가
생시인가

봄 마당

오매, 야들 좀 보소

4월이라고 당을 결집했나 봐
광장 여기저기
개나리 당
진달래 당
난리법석이다

목련당도 뭉쳤노라
민심을 파악이라도 했었나 보다
꽃 잔디
낮은 곳으로
낮은 곳으로 겸손을 넓혀간다

서로 시샘하지 않아도
상대를 공격하거나 비난하지 않아도
저절로 피는 봄

4월 그날이 아니면 어떤가!
날마다 눈도장 꼭 꼭 찍어주고 싶다

올해도
여의도에 개나리 진달래 벚꽃 잔치 열린다는데,

당신은 누구詩길래,

감춤과 드러냄의 절묘한 미학
낯선 언어들의 입맞춤

은은한 종소리의 울림
바다 속 출렁이는 물결처럼

모호로비치치의 층층이 쌓여간
애매성의 통로를 지나

깊은 산 노승의 선문답처럼
헬리콘 산 샘물을 퍼 먹어도
해소되지 않는 갈증
샘물은 언제 다 마를 것인가

내 안에 너를 품고 결핍으로부터 자유롭기 위해
붓을 적셔 행간에 올라섰다

촉촉하게 내면을 버무리는
철부지들의 노래

쓰지 않으면 견딜 수 없는

영혼의 간지러운

존재의 여백에
들려오는 아리아의 선율

나는 아직도 시원(詩源)을 향하여
뚜벅뚜벅 걷고 있다

허브

귀빈처럼 찾아온 너

봄. 가을을 여닫는 동안
그녀와 마주하는 손길은 그리움처럼
너울너울 푸르게 지평을 열어가던,

거실로부터 사랑을 고백하고
베란다로 마실 나간 시간은
찬 설이 몰아치던 어느 겨울
아무도 관심을 놓아버린 것일까

냉기가 엄습해 오고 오들오들 떨며
발을 동동거렸을 화분 속

잠을 자는 듯
꿈을 꾸는 듯

날개를 접고 서녘을 향하여 향기를 놓아버린,
그녀를 시원으로 보내놓고 후회해도 소용없다

먼 곳으로부터 봄소식이 들려오는데

태양이 찾아와 아무리 불러 봐도
대답 없는 너

그녀 없는 빈 집
다시 봄이 찾아와 대면을 할 수 있을까

한 그루 소나타

햇빛과 달빛
샤워를 했다

수소 둘 산소 하나면 진수성찬이었던
한 그루의 노래

허공을 향하여
깊어 간 내력들을 펼쳐본다

비바람에 휘어져도 부단했던 마디마디
뿌리를 깊이 내려야 올라설 수 있는 무대

내면에 나이테가 굵어가고
세상으로 향한 문은 높아만 갔다

문에 입성하기 위한 파란의 시간들
동그랗게 봉오리 가져와 향기를 드리웠다

지문을 열어 지평을 넓혀가는 동안
행간에서 노래가 들려오고
계절이 깊어간다

적멸의 시간
황포를 걸치고 미립을 향하여 바람을 따라가는
날개들의 행진이 시작되다

대책 없는 하늘

구름이 8할을 차지해 버린 하늘
국지성 폭우를 쏟아야 개운한 거시기

지상을 雪辱이라도 하려나보다
아파트 입구에 세워 둔 소나타 한 마리
시원하게 목욕재계를 하고

윗집 할머니 기우제를 지내야 한다고 매년
벼르셨는데 이제는
기우제를 돌려 달라 성화시다

마당에 스며든 하늘
벽을 타고 여기저기 제습기가 고단하다

매미 한 마리
소낙비를 피해 방충망으로 이사를 했다

거실 안을 스캔이라도 하려는 걸까
훌러덩훌러덩 벗어버린 더위

다시 체면을 주워 입었다
그이는 매미에게 체면치레는 해야 한다고 한사코
채근이다

젖어버린 창 밖
주룩 주룩 우산도 없이

하늘이시여,
어서 한 번 웃어보셔요

망중한

본디,
하늘과 땅은 한 몸 이었을 거야
오래 전
서로가 긴 여행을 떠난 후
점점 멀어져 갔지
하나는 둘이 되어
서로를 바라보며 그리워하던 시간
지구에는 또 다른 하나가 출현 했지
더불어 살아가기 위한
호모사피언
하늘과 땅 사이에 돕는 역할로 살겠다고
생기를 불어넣었던 긴 숨,
배경이 되어준 푸른 숲과 출렁이던 바다

주렁주렁 열리던 노래
향기로 번져가던 시간들
저 푸른 초원의 양떼처럼
저 높은 하늘의 빛나는 별처럼
어우렁더우렁
고단했던 잠시

하늘하늘 내려와 놀다가라고
그녀가 마련한
선한능력으로
그대들과 함께하길 원해보네

별들이 껌뻑이는 밤

모깃불 지펴놓고
모락모락 여름밤이 깊어 가면
어둠을 깔아놓은 자리

밤하늘과 소통이 열리던 어릴 적
어매 다리에 머리를 뉘고 모기들이 잠적해버리면
밤하늘에 마실 나온
별들의 이야기

북극성을 찾아가던 길 잃은 나그네의 사연은
숲 속에 저장하고
여름밤은 별들의 퍼포먼스

주정뱅이 윗동네 할베
혼백이 밤하늘을 수놓으며 흩어지던 날
머지않아 동네 어귀에 만장기가 펄럭거렸고

칠석날 오작교 공사를 하느라 대머리가 되어버린

까치들의 사연과 소문이 여름밤을 메워 가고
무릎을 내어주었던 그녀는 별이 되어버린 지 오래
무릎을 대 물림해야 한다는 대답도 없이
무릎을 차지하고 한여름 밤을 자처한
귀여운 손주 녀석
하늘의 별은 아래로 죄다 내려왔노라 우기던,

북두칠성을 찾아 두 눈을 비벼 봐도 가로등 불빛과
네온사인 빌딩 뿐
밤하늘의 별들은
하늘에만 살지 않는다고
한사코 고집하는 녀석에게 껌뻑이며 말끝을 튕겨보는 밤

바다를 건너온 여름

어느 해변에 정박한 배 한 척
바다에 심지를 꽂고
하늘을 우러러
사공을 기다리고 있다

밀려왔다 밀려가는 바다의 비망록
하늘길이 열리면 오려나
바닷길이 열리면 오려나

한 올 한 올 묻어 둔 사연
파도에 깎여가고

그대 떠난 빈 배는 하루하루 녹슨 채
면 바다로 나가야 한다고 속울음 퍼 올리며
파도소리 바람소리 수심만 깊어간다

싹수없는 생

동서남북 분주 했던 너

살아생전 싹수 있더니
싹수없이 먼저 가는구나!

술독 다 비웠던가!
남기는 건 반칙이라더니
새끼 두고 마누라 두고 누이 형님 뒤에 두고
앞서가는 버르장머리

술잔과 이별이 세상과 고별이더냐
허락 없는 승천은 용서마저 할 길 없는데

이승에 사연 너무 많아
숲으로 떠나버린 싹수야
너를 숲에 홀로 두고
숲을 내려온다.

5살 어린세상

가르쳐 준 적 없어도
조잘 조잘
훌쩍 커버린 어휘들
주변의 말들을 단속해본다
세상을 열어가는 눈과 귀
높이와 깊이로 번져간다
예리한 촉수들의 호기심 천국
연둣빛 세상은 바쁘기만 한데
해달이 뒤안길
여리고 푸른 세상은 쉬고 싶다
선생님 목소리는 자장가보다 달콤한데
꿈결 속 우~쑥 우~쑥 자라나는 푸른 쉼표
*뒤따라오는 세상을 두려워하라
출렁이는 마디마디
어린세상을 열어 듬뿍 맞이해도 좋으련만,

* 後生可畏 (후생가외):뒤에 태어난 사람은 두려워 할 만 하다는 뜻으로
  노력하는 후배는 선배를 능가할 수 있음을 이르는 말.

북녘으로,

골프채를 바꿔 들었나 보다
필드가 힘을 요구했다

그날따라 작정을 하고 대문을 나선
그의 심중에서,
세월을 홀 밖으로 댕겨보고 싶어졌지

샷을 날리는 순간
올 인을 하고야 말았다

십 년을 경영하야
병실로 샷을 날리고
*보기도 없이

강을 오락가락
오던 길도 가물가물

마지막 선물로 받은
코로나 바이러스
홀로 하늘하늘 걸어가는 만장

격리된 체,
먼 강을 건너가고 있다

*골프용어의 하나

회색지대

로 유명하다는 공장하늘
미세먼지로 가득한
찬란한 5월이 무색하다
공중에 잘 여문 녀석들 ~
천상을 위한 하강을 마다하지 않았다
덜컹덜컹 뿌리를 흔들며 단잠을 깨워도
말 없는 인내 하나로 푸르게 살아온 생
공장지대 공해를 숙연하게 받아들인 겸손
바퀴소리 자장가 삼아 별빛 바라보며
달빛에 대면했을 시간들

언제부터인가
불온한 소문이 나돌고
몇몇 사람들의 위장전입으로 가장하며
저잣거리 진열대에 먹음직 보암직하게 좌정했다
세상이 뿌옇게 변해버린, 온통
투명하지 못한 진열대는
또
어쩌란 말인가!
몸보신은 하지 않았다는 게
유일한 보고서다

전철에서,

365일 마모되는 줄도 모르고 돌아가는
쳇바퀴 돌 듯 돌아가는 날마다

뒤 늦은 귀갓길
전철 안은 피로로 붐비고

자리하나 일어서면 살그머니 피로도 일어서고
궁둥이와 궁둥이들의 위로를 삼으며

피로에 지친 잠시
졸음에 겨운 눈꺼풀이 앞을 가리고

시간을 다투며 가슴 조이던 출 퇴근
의식의 저편
꿈속을 깨우던 방송멘트
부스스 일어서는 비몽사몽

통과의례처럼 종착역을 향해 달리고
차 안은 피로가 만원이다

고드름

무언의 대화
불연 눈시울이 뜨겁다
울컥 쏟아버린 봄, 여름, 가을
시린 겨울은 아니 와도 된다고 생떼 같은 젊은 날
여기저기 알 수 없는 사연들이 어깨를 들먹였다
겨울은 울고 싶다고 울 수 있는 계절이 아니다
내면에 꾹 꾹 눌러놓은 시간들이 처마 끝에 열릴지도
몰라
태양이 따스하게 어루만져주면
사르르 녹아내릴지 모른다고
착각을 하는 날이면,
견고하게 거꾸로 벌을 서야 했다

제 3 부

네가 지독하게 미워지면,

전매청이 어디인지 물어물어
아리랑 진초를 한 보루 사들고 네 무덤을 찾아 간다
허공에 지핀 그 죄를 물을 수가 없어
아마도 그 곳은 금연 구역인가 보다
네가 없는 이승은 모래알을 씹은 듯 퍽퍽 거려도
너의 안부가 가끔 궁금해질 때면
24시 마트에 들어가 소주 한 병 사들고 터 덜 터 덜
걷다가
적멸의 너를 불러본다

뻐꾸기도 울지 않는 그 곳
노을이 저 만큼에서 지고 있다는 소문만 무성하고
지금은 북녘으로 가는 긴 터널만 끝이 없다
언제쯤 만나자는 약속은 서두르지 말자고
혼자서 대답 없는 대화를 해 본다

가을, 수선하기

그리움도 가을이 되면
낙엽이 되는가!
그가 가을 속으로 걸어가고 있다

섬돌 밑
낮은 D단조
계절은 관절에도 시린 바람이 불어왔다
가을과 겨울사이 뒤틀린 마디에서 통증이 자라고
있었나 보다
방사선이 스캔을 하고
전국적으로 검열에 들다

마디마디 지난 시간들
성근시간을 주워 꿰매던 그가
이마에 지문을 그리며
가을 속으로 터덜터덜 걸어가고 있다

독감

전신을 점령당한

너는 누구냐
소리 소문도 없이

밤 내 기관지에서 컹컹거리던 짐승 한 마리
후비 코 다니며 끈적거리던 비액
후끈 달아오른 적도의 열기
불청객으로부터 자유롭기 위해 청진기에 몸을
맡겨두고
신비의 주사 바늘을 체액에 삽입하는 순간
언제 그랬냐는 듯이

화려했던 젊음도 바이러스에게 꺼내주고
지난 시절을 배회 한다

아직 몸 어딘가 웅크리고 있는 열감
몸 져 누워 약봉지를 털어 넣고
스르르 비몽사몽

허접해져가는 육체성을 탓해서 뭘 해

미세한 열기가 입맛을 송두리째 앗아갔다
공감각이 돌아오기를 손꼽아 기대해본다
결핍으로부터 자유롭기 위해
시집 온 것들을 풀어본다

행간에서 뮤즈들의 노래를 듣다
설욕의 시간이다

노을에 반추하다

노을미소병동 0033호
수술을 마친 노구가 병실 안으로 들어섰다
기침소리에 누운 침대가 뒤척였다
병실 안 공기는 숨이 턱턱 막혀오고 불빛에서 쌕쌕
거리는 소리가 들려왔다
노을로 가득 채운 병동
머지않아 어둠이 색칠을 할 것이다
운구 나가는 소리가 밤길을 열고
밀물과 썰물이 교체되는 순간 잠시
썼다 지워버린 여백

누구를 위해 종은 울리지 않았다

병실 문이 열리고 하얀 제복을 입은 시간들이 검열을
하고 나면
허기를 채워 줄 층층이 쌓아올린
비워야 하는 시간들

반복되는 하루는 짧고도 길다
아무도 미소를 주지 않는 미소병동에서
노을 한 폭
편도로만 올라타고 있다

난방비를 누가 훔쳐 갔을까?

귀가가 시작되고
난감한 거실 안
취재하고 있는 고지서

폭탄 맞은 듯 계량기는 이실직고다
시키는 대로 불을 지피고 물을 데웠을 뿐,

한 치의 오차도 없이 스위치에 기대어
주인의 손끝에 순종하던 비애

순종은 제사보다 낫다는 말씀에 역류하고 있다
두 손을 합장하고 기억을 더듬어본다

'원치 않는 걸 베풀지 않는다.'
문자가 선명하게 뇌리를 두드리고 지나갔다
노을이 찾아오고 스위치가 외부로부터 켜지고 있다

종일 덜덜 거리던 거실 안
기침 소리가 오슬오슬 올라오고
바보들의 행진엔 치료약도 없다
금이 가버린 내면 말이 없다

주마등처럼,

바람의 무늬를 따라 철 든 숲
아직 여름을 보낼 수가 없다고
태양은 직각을 세워 달달 데우기만 하는데,
세월보다 계절이 앞서 가는 지
새소리 물소리 계곡을 타고 내려와
산 빛 그늘아래 빛살무늬 어린

숲으로 난 길을 따라 슬픈 기억하나 또렷한 6살
푸른 메아리가 되어 숲에만 산다던 그리움
슬픈 전설이 이슬처럼 맺혀가던 눈가
풀잎처럼 연둣빛 입술을 버무리면
숲에 잠든 그녀는 한 마리 나비가 되었을지도
모른다고
훨 ~훨 날아가는 나비를 따라가던 너

전철에 몸을 싣고 마디마디 스치는 동안
불현듯 안부를 꺼내 묻고 싶어지는 서늘한 풀잎그늘
가을바람을 타고 너에게 건너가고 싶다
너에게 소망하나 그려보는 날을 기다리며,

파키라

이른 아침
미시적 거리를 유지하지 못한 걸까
겸허하게 날개를 아래로 늘어뜨리며 낯빛이 창백하다
선물처럼 찾아온 너
저만큼 거리를 두고
바라보던 계절은 터 잡고
무성하게 홀로 단단해져가던

밑동을 황홀하게 드러내 놓고도 아무렇지 않은 듯
푸른 세상을 열어가던 푸른 행진
목을 적셔주던 시간은 어디에 골몰했던 것일까

단아하게 행간을 채워가며 무언의 화답을 했던 너
어디서부터 고장 난 걸까

단서를 찾을 수 없는 나
침묵만이 유일한 대화처럼
말이 없는 너

입춘 지나고,

주룩주룩 사선을 긋고 지우고
그칠 줄 모르는 슬픈 하늘
계절을 보내기 서러운

뒷산 가문비나무 목욕재계를 마치고
눈을 비비며 날개를 펴는데

북풍으로 돌변한 바람은
세상을 하얗게 꽃눈으로 장식했다

창밖은 덧 없이 흘러가고

한 철을 거듭나야 한다고
두 팔을 활짝 펴고 설산을 향하여 그리움을 노래하던
여인 초

태양이 찾아오지 않아도 홀로 단단해진 너
봄을 향한 행진이 시작되는데,

청진기 말씀에는 언제쯤 봄이 저장될까

사고 직면

기브스를 반납하기 위해
붕대를 풀어 헤친다

다리를 동여맨 시간은 무료하게 지쳐갔고
수평과 수직의 시간은
낮과 밤이 뒤틀리기 시작
고장 난 시간은 결핍으로부터 자유로울 수 없는 무대
통장에서 잔고 빠져나가 듯 하루하루가 빠져나갔다

리듬에 좌표를 긋고
의지대로 할 수 있는 건 없다
하나 둘 욕망을 내려놓아야 자유로울 수 있는,
별빛 같은 고뇌가 묵연하게 쌓여갔다

세상은 변화무쌍하게 돌아가는데
홀로 고요 속을 맴돌다
tv에서 그녀의 욕망이 노출되고
그칠 줄 모르는 욕망을 탄핵 한다

허공에 쏘아올린 욕망의 시간을 쓸어내고
내면의 부유물을 걷어내야
푸른 종소리를 들을 수 있다

바람의 지문

숲으로 난 길을 걸었다

내면을 알아버린 듯
사방이 봄이 오는 소리로
아우성이다

선문답으로 가득한 숲
산수유 행간에서 지저귀는 노래
일제히 폭소를 터뜨린 매화 진달래

사시사철 굳은 절개를 지키겠다는 송죽
솔 향이 진동했다
무욕의 귀빈들에게 겸손을 배워본다

세상이 소란스럽고
시절이 하 수상해도
묵연하게 숲을 지키는 산지기들의 푸른 노래

한 폭 풍경소리는 푸르다
안과 밖이 내통이라도 했던 걸까
어젯밤 밤새 버무린 봄

하사 받은 봄을 지면에 저장 한다

4월이 다녀가면
서울의 노래를 목 놓아 부를 수 있을지
남녘으로부터 들려오는 우렁찬 함성
산산이 받아 올리는 봄이다

빛바랜 그녀

너를 편도로 보내고
빛바랜 시간을 꺼내보네

잊혀야 할 그리움도 서둘러 찾아와
가물가물 거리는 기억

소풍을 마쳤을 뿐,

네가 떠난 자리
지워야 하는 순간들을 배회 하고
수평선 저 멀리 연화 한 송이 조요로이 지고 있는데,
그도 그녀도 가고 없는데 파도는 철썩 거리네

만나야했던 사랑아
비운 곳을 채울 수 없어
추억만 주물럭거리다 하루를 다 보내고
어디쯤 가고 있을 너를 가만가만 불러본다

오는 듯 가는 듯
멀어졌다 다시 오고
바람처럼 왔다

바람처럼 떠나버린
돌아보면, 아쉬웠던 시간들

이제, 너를 위한 축배의 잔을 들어야 할 시간
너는 가고 나는 남아서,
내 안에 너를 가만 가만 지워가네

화엄에 젖다

*관곡지 연화 한 송이
부처님 전에 시주 해 놓고

주련에 새긴 말씀
새롭게 깨어나는데

천년의 세월도 화엄에 비껴가는가!

주승은 선경에 들고
풍경소리 바람 따라
재를 넘는데

밤이면 산 그림자 내려와 강물에 놀다 가는데

두꺼비 독경소리 밤새
어둠을 밝히고

세존이 영취산으로 설법하러 떠나실 때
울 어매도 꽃길 따라
가시었건만

부처님 오시는 날
어매는 아니 오고
먼 하늘에 흰 구름만 오락가락 하는구나
*관곡지 : 경기도 연꽃단지

바람의 길

어디로 튈지 종잡을 수 없다
안개처럼 시야가 자욱하다
그럴 때 아주 조심해야한다
그 틈새를 타고 치맛자락 머리카락 휘날리며
바람에 가슴이 무너지기도 하거든
그녀는 오랫동안 믿을 수 없는 것을 교주처럼 안고 살다가
어느 봄날 바람에 날려버리고 아무짝에도 쓸모없다고,
동치미 속에도 스며들어와 쥐락펴락 하지만
매스컴 바람도 태풍의 위력을 발휘하기도 해요
대단한 바람의 위력을 청취하다 전염된 계절들이
다발성 국지성 사고를 당하기도 하는데
바람은 우리의 소망을 넘어뜨리기도 하지만
찬란한 바람의 효과를 선물처럼 받아들고
소문보다 행간에 올라 다니기도 하지요

그대를 잊을 수 없어 천상에서 다시 만나는 일은 절대
일어나지 않기를,
오래오래 그대를 저장하기 위해 여백을 채워보지만
사랑은 봄 날 지저귀는 소쩍새의 노래와
부지불식간 알 수 없는 풍문으로 밀려와요

바람은 옷을 갈아입고
여행을 떠나요
나그네처럼,

말이 없는 계절

흔들리지 않는 생이 어디 있는가!
흔들리며 깊어가는 나무

바람이 불었다
북풍에 쓰러지고 동풍에 일어서는 나무들

바람에게 온몸을 내어 주며
출렁이는 숲

나무들도 가끔은 바람에게 등을 기대며 들썩 거린다
몸부림을 칠 때마다 새들은 울어 대고

통장에 잔고가 달랑거리듯 나뭇가지에 매달려있는 잎 새
늦은 겨울을 지탱할 수 없을지도 모른다고
낙하를 서두르고 있다

젖은 하루를 호수에
목욕재계하는 나무들의 밤

어둠이 깊을수록 老來(노래)도 깊다
무욕의 귀빈들과 출렁이는 물결 타고 천년의 집에 닿으면

홀로 목 놓아 노래 부르며
푸른 전설을 들려주고 싶다

단수

안내 방송이 들려왔다
방송에서 수도관이 새고 수도꼭지에선 물이 나오지
않았다

날벼락을 맞은 듯
손발이 묶이고

촛불 시위가 아닌 변소 시위
참으로 지독한 시위대다 수도관은 줄줄 새는데
수돗물은 공허한 곳으로 발길을 돌렸다

전시태세를 대비
시물레이션을 돌려 본다
끔찍한 참사다

우크라이나가 그렇고
시아파 종동전쟁이 멈출 줄 모르고
공중으로 육지로 줄줄 새고 있는
물과 기름과 피

지구에 흐르는 관이란 관들은 땅에 묻혀 있다
새는 것은 밖으로 흘러내리는 것

포탄에 피가 터지고 집이 무너지고
사고에도 녹이 슬고 있다

녹슨 관을 수리하기 위해 점검에 들었다

主仁이 출타중인 지구
빈집에서 안내방송이 공허한 메아리처럼
주인 없는 지구를 맴돌다 사라졌다

인연

나의 첫 사랑
지금 저 숲에 주무시고
깊은 잠에 드셨는지 대답이 없다
첫사랑 따라 인연 가져와 뿌리 깊어가고
가지 번져갔으니 푸르고도 무성했던 마디마디
인연 닮아 사랑을 가져와 숲을 이루고
산맥을 넘나드니 반세기가 흘러갔다
시절 인연 가져와
참으로 사랑스러운 아가야
그 중에 인연 깊은 한 사람
돌아보면 아득하여
가물가물 멀어져간다
그대가 인연이라 하건만
살다보니 좋은 인연 보내놓고 아쉬워해도 소용없다
꽃 좋고 가을 오리니
그대인연 질기다 하여도 세월보다 질긴 인연이 어디
있겠는가!

장마가 시작되고,

하늘에서 처마에서 떨어지는 빗방울
하늘과 땅이 주고받는 대화인가 화답인가

사선을 긋고 주룩 주룩 아무렇지 않는 듯
지저귀는 저 빗방울들의 부리를 보라

노래를 부르며 웅덩이를 채우고 골목길을 따라
호수로 강으로 바다로 하나가 되 듯
행진곡을 울리며
바다에 닿으면 처얼썩 처얼썩 소리를 냈다

물고기가 되고 싶다 던 파란의 시간도
파도에 밀려 와
모래밭에 누워
벌컥벌컥 시를 쓰고 있다

제 4 부

O감,

그가 영감이라서 좋았다
그와 같이 있으면 수시로 영감이 떠오르는 줄 착각 속에서
살았나 보다
오늘밤도 영감이 옆에서 드르렁드르렁 시를 골고

내 귀는 시끄러워서
영감하나 빼먹고
행간을 왔다 갔다

쑥대밭이 되었다
참 말 알 수 없는 영감이다

오래전 기말고사를 앞에 두고
주야장천 이어폰을 귀에 장착했던 시절이 영감에게
전염된 걸까

독방을 내어주고 야주장천 이어폰과
동침이다

마누라 노래도 까먹어버린 듯
주저리주저리
달팽이관을 어디 가서 빼놓고 왔는지,

날이 가고 달이 갈수록
떨어진 오래 된 感이다

입추

하늘이 퉁퉁 부어 있는 아침
가을이 문에 들어선다는 입추
모기들의 입도 비뚤어지고
밤새 열대야로 깨어버린 이유를 알 것 같다
들고나는 것이 어디 계절뿐이겠는가
구름과 바람의 내력이 역력하다
우산을 펼쳐 들고
동네를 기웃거려본다
마실 나간 종달새
가을을 입에 물고 둥지 찾아들고
바다로 나간 새들은 아직도 파도에 나부끼고
들로 나간 새들은 허수아비 눈치 보느라
경계를 넘지 못한 채 안절부절
산새 들새 바다 새도
계절을 피해 갈 수 없나 보다
하늘은 속절없이
천둥번개를 몰고 왔다

무릎까지 내려온 구름
청공으로 밀어 올리느라
고추잠자리 공중에서

하루를 돌리느라 해가 저물고
마루 끝 지팡이
서둘러 골목으로 향하는데
이랑마다 가을 익는 소리
땀방울에 맺힌 가을은 얼마나 정직한가!

태양이 새겨놓은 말씀을
주렁주렁 매달고 있다

견고한 아스팔트 위,

두 발을 모아본다

어디로 가야 하나

세상은 열려 있고

미래는 알 수 없는

별빛보다 찬란한 고뇌

불편의 다리를 건너야 갈 수 있는 피안의 저곳

아무도 가지 않는 낯선 길

방황은 무번지

붓을 들어 지평을 열었다

견고한 시간들이 부서지고

시원을 향하여,

한해의 반을 기부하다

늦은 시간 어스름이 뒤를 따라왔던 거야
집을 나설 때부터 봄 기척처럼 뒤따라오던 낮은
바람이
꽁무니를 내내 따라왔는지도 몰라
차 안에서 부질없는 생각이 되살아날까 봐
폰을 닫아버리기로 했어
덜컹거리는 전철 안은 샤워를 끝내고 올라탄 침대처럼
졸음에 겨워 비몽사몽
순환선에선 누구도 깨워주지 않는 법
역을 지나쳐도 소용없다
모를 리 없는,
안내소리가 울리지도 않았는데 부스스 눈을 뜨고
자리에서 성큼성큼 계단을 내려갔던 거야
천천히
전철이 들어오자 뒤쫓아 오던 분주에게
뒤 밀리는 순간
계단 아래 주저앉아 의지를 상실해 버린
일어나야한다
무의식은 의식을 앞서거니
누군가 팔을 붙들고 일으켜 세웠지
왜 나는 전철 안으로 들어왔는지

곰곰 생각에 잠겼어
신발이 꽉 조여 오고
사건의 전말은 몽땅 사라지고
무효처리 하기로 한 거야
누군가 알 수 없는

발목은 사건의 진상을 기억이라도 하듯
병원으로 약국으로 끌고 다녔어
장 장 달포가 지나서야 병원을 나설 수 있었지

반절의 한 해는 어딘가로 빠져나가버렸어
계획에도 없이,

가재울역

물속을 잡던 어린 시절

가재는 내 시선 밖으로 피해 다녔고
어쩌다 눈에 띄는 날이면 난 술래가 되었다
시장 골목을 주름잡던 시누이
까만 봉지를 쏟아 놓으시는 날이면
찜통에서 생을 마감하던 가재들
오래전 가재들이 살던 마을에 낯선 이주민들이 자리를
차지하고
여울에는 더 이상 볼 수 없었던 가재
마을을 지키겠다고 수호신처럼 살다 전설 속으로
사라져 버린,
바퀴들만 분주하게 오가던 마을
혼백을 상기하려는 듯 가재울역 팻말이 들어섰다
가재는 흔적도 없이 혼백만 이곳에 남아
입소문만 무성하다

가재들에게 안부를 묻고 싶은 날이면
어딘가로 가재들을 찾아서 지하 깊숙이 내려가고 싶다

노을 길

붉게 타오르는 저 서늘한 불꽃
황천강도 저리 붉게 타오르는지
생은 어디에서 피어 어디로 지는가!
흰 눈이 하얗게 성탄 이브를 덮어주고
징글벨 소리가 길거리를 가득 채우던
세상은 축제로 떠들썩한데
그녀가 꽃상여에 누워
잠든 듯
꿈꾸는 듯
서녘을 향하여 가고 있다
노을 속
연화 한 송이
한 생을 접느라
고요 속으로 승천하고 있다

로그인

편리함을 위해 한가함을 잃어버린
쳇바퀴 돌 듯 하루가 분주하다
내가 아닌 또 다른 나를 맡겨두고
기계와의 전쟁을 치러야한다
대문 밖을 나가는 순간 동행해야 할 그 무엇들이
발목을 잡고
오늘도 코를 베어가는 세상에 깨어 있어야 코가
제자리를 유지 하는가
눈을 뜨고 눈을 닫는 순간까지
누구를 위하여 태양은 떠오르는가!
무엇이 편리해졌을까
비밀번호 없는 곳으로 도망이라도 가야 하나
들어 설 때마다
로그인을 해야 하는 세상
내 머리는 포화상태다
기억하지 못한 뇌는 맨 붕이다
포화에 일그러진 터덜터덜
잃어버린 기억에 부팅이 되면
386 컨셉은 용량초과다
종일 울리는 밸 소리는 내 심장을 조이고
저녁녘,

문자와 전화를 멀리한 죄 값을 치르고
왜 나는 전화와 문자에 하루를 소모해야 하는지
불특정다수를 공략한 문자
소음과 문자에 노출 된 나날
耳順(이순)을 접고
가지치기도 했건만
분주함은 개+
몰입을 위한 나의 즐거움을 찾아 골몰의 시간
내면에 피어나는 새순과 푸르게 빛나는 것들을
저장하고 싶다
내 동공은 나비들이 날아다니고
달팽이관에서 이명소리가 들려왔다
일체 로그인을 취소하고 싶다

능소화

웃는다고 다 웃는 것이 아니다
담장에 기대어
한 올 한 올 엮어가던
비망록

장원급제 하던 날
부름에 나선
아리아의 노래

임 향한 이 마음
아는지 모르는지

소리 없는 통성으로
한 소절 허공에 피워놓고
뭉텅 뭉텅 쏟아버린
그리움

해마다
붉게 피어나는 담장의 사연을 아시는 지

고장 난 가계도

연둣빛 그녀
살빛이 봄을 닮았다
탐스러운 두 볼이 서러운
센터 문이 그녀를 반기듯 살그머니 열렸다
'위기'라고는 한 점 찾아 볼 수 없는 너에게
위태로운 독촉을 받고
동감 공감 사연들을 풀어본다
마디마디 삐걱거린 가계도가 파도처럼 출렁였다
산산이 부서진 배반의 굳은 언약
좌초된 봄날은 파편처럼 쌓여만 가고
연둣빛 고운 결에 사선으로 붉은 길을 내던 너
터를 갈아엎어버린 들녘
씨를 뿌려 놓고 가꾸지 않는 시간이 서러워
흔적 하나 내 놓고 알약으로 지워버린 계절
너 안에 또 다른 네가 너무 많아 쉴 곳 없던 너
안으로 얽혀진 길을 따라
데면데면 어둡던 내면에 빛을 밝혀놓고
수렴청정
한 사발씩 서러운 시간들을 걸러내면
봄이 말랑말랑 스며들까

포스트모던한 여자

한 해를 내어 주고
이마에서 한 획을 추가 한다
전국적으로 물기가 건조하다는 뉴스가 지면을 채웠다
어느 산맥에서는 골다공증으로 골절이 늘어난다는 소문
중부지역 강줄기에서 비대해진 피하지방으로
더부룩한 기온이 상승 한다는 보도
상승이 아닌 하강기류가 우듬지에서 발원
무대에 오를 때마다 비주류였던 포스트모던한 갱년기
통과의례
가는 시절을 잡을 수 있는 무기는 없다
오는 시절 순풍에 실어 달라 애원도 하지 말자
순간순간 마디고 순하게 살자
지구에 올 때는 불법으로 왔지만 갈 때는
적요 속으로 발 밤 발 밤 스며들자
비탈을 돌아 계곡을 지나 선경으로 떠나가자
불법체류 하느라 마음 조였던 바람과 구름
광합성 작용을 해야 욕망에서 멀어질 수 있다
풍경 속 그녀
허물 벗는 소리를 듣고
봄을 기획하다

원적산

풀벌레 소리 자욱한
푸른 산 빛 속을 호올로 걸었다
봉우리마다 부풀었던 꿈 계절의 뒤안길로 사라지고
연둣빛 옥색치마 걸쳐 있던 누이
괴나리 봇 짐 싸들고 떠나버린
그녀의 소식은 묵묵한데
밀물과 썰물처럼 깎여나간 산 중턱
노을 한 쌍 고이 잠든

그악하게 짝을 찾던
매미들의 노래도 여운처럼 떠나고
붉게 물이든 숲
사라져 갈 무대를 찬란하게 채색하고

귀뚜라미 데려와 가을을 노래하던
섬돌 밑 서늘한 악보는 행간에는 없는가 보다
은은하게 빛바랜 잎 새
발밑을 뒹굴고

알 수 없는 바람은 어디에서 발원하는지,

양파

까발려도
까발려도
속수무책

까발리지 말 것을
까발리다 눈물만 쏙 빼고
아무런 단서하나 잡을 수 없다

함부로 까발릴 일 아니다

겉이야 별 수 없지만
겉 희고 속 검은 이도 많은 세상에서
겉이야 남루하면 어떠랴
속을 들여다보면 한결같은 너

몸에 좋다고
밥상에 항상 고집하는
짜장면집 주인

배불 뚝 영감밥상에도
감초처럼 올라앉아
사랑 받는 너

질투는 七去之惡이라
눈물로 그녀를 대령 하오

다보탑을 쌓다

내력을 꼼꼼하게 챙겨 대문을 나선 프롤레타리아
수많은 문을 두드렸다
통과의례를 거쳐야 대열에 올라 설 수 있는 무대
길은 좁고 꿈은 안개처럼 희미하다
너를 만나 생의 내력을 펼쳐본다
견고한 심줄로 무뎌진 시간 위에 다보탑을 쌓아
올렸나 보다
층층이 올라간 무대 위
바람은 쉴 새 없이 봄가을을 다녀갔다
누가 그어 놓은 걸까
이마에 선명하게 새겨진 길을 따라
더디게 행진을 했다
기둥에서 가끔 쉰 소리가 들려왔다
바람과 함께 했던 반절의 시간
그리움과 화려한 상처들이 전설 속으로 사라져버린
태양의 그늘아래 정념의 푸른 불꽃은 안으로만
출렁였다

가을 날,
내면을 무던히도 쓸고 간 계절
아직도 불확실한 미래
저 푸른 고지에 마지막 심지를 그려놓고
마지막 탑돌이에 들어갔다

통과의례

지은 죄도 없이
삶의 이력을 펼쳐놓고 지면에서 걸러지면
죄명도 없이
면접관의 심판대에 올라
통과의례를 거쳐야 했던 지난한 시절

땀으로 이룩한 기간도 만료된 프롤레타리아
수많은 봄과 가을을 접고서도 삶의 이력이 빠져나간
선잠을 털며 대문을 나서던 기간도 건조하게
말라버린 지 오래
쏜 화살처럼 지나버린
개밥바리기가 마중을 나오면
등이 휜 붉은 길을 홀로 걸어가야 했다

결핍으로부터 자유로울 수 없는
삶의 무대

창문 넘어 푸른 바람이 불어오면
철부지들과 사방으로 길을 내고 싶다

우듬지에 꽃 피 듯,

기우제

발밑이 푸석 거리고 연일 건조주의보가 보도 되었다
불판 위에 올려놓고 굽는 동안
순식간에 사라진 소 한 마리
안에서 어미 찾는 새끼 송아지 울음소리가 사당역까지
따라왔다
묵시로 걸어가는데 하늘에서 빗방울이 사선을 긋고
바람이 머리를 사정없이 풀어 헤친다
장대비가 우산을 때리기 시작했다
비바람에 두들겨 맞아도 신고는 할 수 없다고
가재울역 팻말이 눈에 들어왔다
미세먼지로 자욱하던 동네가 목욕재계로 싱글 생글
갈증을 해소하지 못한 원적산도 촉촉하게 젖어보고
싶다고
마른수건을 꺼내든다
뿌리에서 무젖는 시간이면 이랑마다 풍요로운 계절을
맞이할 수 있다는
소문이 국지적으로 번져가고
흩어졌던 구름이 산발적으로 내려온다는 예보를 듣고
기대에 대한 선물을 받아 대문을 들어섰다
뉴스에서 빗방울 행진곡이 들려왔다

수라 정

바퀴에 올라본다
여기저기 푸른 지뢰밭이다

별안간 좌표를 긋고
약속도 없이 길 위를 방황 한다

정이품 밥상에 앉아 백이와 숙제를 올려놓고
굴비를 발라먹으며 이자겸의 굳은 심지를 골라냈다
부러질지언정 굽히지는 않겠다던 그의 뼈를
고스란히 추려놓고도 LA갈비에는 시선 한 번 주지
않던 그녀가
삶의 굴곡에서도 굽어 본 적 없다고 머리를 굴비처럼
치켜든다.
행간에 주름 한 점 없는 수려한 집
희소식이 뒤 곁에서 들려왔다
봄을 한 상 내면으로 들여놓고
풀어지는 노을 속으로 미끄러지듯 달렸다

수평선 위로
연화 한 송이 하루를 넘어 간다
하루를 접고 지평을 늘려본다
소문보다 빠르게 달려온 봄이다

가을 공감

하늘과 바다를 분간하기 어려운 날
오래 된 그녀와 다문다문 길을 내고

꽃 피 듯
물 흐르듯
경계가 어디던가

어제는 소낙비에 몸 젖더니
오늘은 풍경소리로 원적산이 왁자지껄

봉우리마다 봉홧불 지피는데
오래된 소나무 푸른 절개는 꺾을 수가 없다고

밤나무 밑에 떨어진 가을
머리 쉰 노옹의 지팡이 소리에 놀라 밤톨을 꺼내놓고

알밤 속 깊은 맛은 벌레들이 먼저 다녀가는데
숲 속 가을 익는 소리
다람쥐가 주인이라 자처 하네

제 5 부

갈래 길

숲에 입성
둘레 길로 갈까 등산길로 갈까
프로스트의 두 갈래 길을 생각 한다

배나무 밭을 하사 받아 놓고
호방해진 동네
너머에는 누가 사는지
한가로이 오수를 즐기는 사슴가족
철장을 사이에 두고

아쉬운 듯 셔터를 눌렀다
안과 밖은 지척인데 경계선은 멀다
구름이 허둥지둥 주위를 방황하다 흩어지던 날
소리 소문도 없이 비탈길에
마련한 집 한 채
새로 개비한 낯 선
땅 속에 집을 짓는 일은 사전에 예약도 없이 마련한
집이라
그에 사연은 묵연하다

봄은 왔는데 봄같이 않는 광장을 뉴스에서 발견하고

삶은 가끔 서글픔이 수면 위로 올라 와 목이 멘
괴테가 신은 죽었다고 했고
죽은 신에 대하여
곰곰 하늘가에 물음표를 던졌다

호랭이 알로에

베란다 오손도손 살던 다육이
날씨가 하도 추워 거실 안으로 옮겨놓았다

봄도 오기 전
태양과 눈이 맞았는지
허리 휘는 줄도 모르고
사정없이 들어 올린 꽃대
영감 눈에 아슬아슬 꽂혔는지

다육이 년 허리를 오래 전 마누라 허리인 줄 착각
으스러지게 잡았나 보다
허리가 동강을 건너가 버렸다
함부로 허리 낭창거리지 말 일이다

뒤늦게 바람에게 물어봐도 소용없다

나이롱환자

흔적 없는 통증
전신을 강타했다

바퀴들의 부딪힘
순간 흔들렸을 뿐인데,

바퀴들은 새로 동력을 찾아 달렸다
나도 새로운 동력으로 달리고 싶다

주사바늘이 일시적 통증을 담보해가고
바늘은 통증보다 더 깊이 들어와 나이롱환자를 만들어
갔다
통증을 제거하기 위한 주사와 알약을 안으로 투여하고
아무렇지도 않은 듯

신이 준 선물이라면
사양하고 싶은 밤

봄을 배낭에 담다

자욱한 들녘
아이는 봄을 상형문자로 그리며
대문 밖을 재촉 한다
주섬주섬 봄을 주워 담아
배낭 안이 볼록하게 채워지면
봄을 만나러 간 꾸러기 여섯 살
어린 새싹들과 눈인사로 분주하다
통성명을 해도
대답 없는 봄이 서운치 않다고 호기심 열두 가마니
우쩍 올라온 봄을 케어 비닐봉지 속에 좌정시켜버린
나들이 봄
배낭 속 신바람이 나서 달그락 달그락
해넘이 뒤안길
호기심 꾸러기 하루가 꾸벅꾸벅 졸고 있다

곰 피

바다 한 포기 들여놓고
비릿한 내음이 물결처럼 출렁거렸다
검푸른 파도를 지우기 위해
비등점에 올려놓고 목욕재계를 시켜본다

바다보다 푸른 바다 속
숭숭 뚫린 구멍사이로
곰곰 날개를 키워가던 시절
육지와의 만남을 위해 저 깊은 심연에 귀를 기울이던
날개들의 몸짓
파도를 넘으며 육지를 그리워했다

한 그루의 바다
온 몸에 새겨버린 파도

그대의 수라상에 오르기 위해
찬란하게 바다와 이별해야 했던,
파도는 날개를 육지에 올려놓고 묵시로 수평선 저
너머로 달려갔다

재생의 푸른 시절

삶은,
성난 파도처럼
잔잔한 물결처럼
밤하늘에 빛나는 별처럼
밀려왔다 밀려가고,

불청객

종일, 내면을 뒤적거렸어
통장에 숫자가 빠져 나가듯
머릿속도 하나씩 빠져나가 버렸어

아침이 빠져나가고
그리울 것도
허전할 것도 없이
타박타박 시간이 빠져 나갔어
태양이 우듬지에 이르는 동안

햇살 마사지는 무료인대요
천천히 나긋나긋
스캔은 하지 말아주세요
남녘 어디쯤 풀려버린 나뭇가지로부터 전갈이
들려왔어

숲에서
뒤 안에서
몸 씻는 소리가 들려왔어
불청객을 밀어내야 한다고
바람에게 통사정을 한 거야

용돈처럼 봄비가 내렸어

개나리 진달래 더 이상 참을 수 없다고
마스크를 팔기 시작 했어
바이러스 잡아먹는 나비들을 소환시켜 놓아야 한다고

동서남북 푸른 손을 잡고
일어나기 시작 했어
*하얀 신을 준비해야한다고,

*백신을 뜻하는 시적 허용

백수(白首)

달빛이 쏟아지는 하얀 솔밭 길을 걸었다
그녀의 세월이 깊다
반백이 맨발의 청춘이었다는 그녀의 따옴표
멀고 먼 시간이 피고 있는 꽃
그 꽃을 죽음의 꽃이라 했다

달빛이 눈부시게 우듬지에 걸려있다
바람과 구름과 비 그리고,
태양이 버무린 자국마다 하얗게 핀 꽃
아무도 그녀에게 세월을 말하지 않기로 했다
주름진 시간을 펼칠 때마다
시원의 깊은 그림자가 방안을 들락거렸다
오던 길로 다시 돌아가야 한다.

그녀안의 지우게

현관문을 들어선다
바다 냄새로 한 가득이다
어느 사이 서해가 들어와 있었을까
바다를 다녀오고도 깜깜 무소식인 그녀
팔순을 부여잡고 여기저기 고장 난 난장이다
불법으로 분양 받은 암초들이 수면 위로 포진되는
날이면
기억 속 시간은 봉두난발이라
아무리 기억을 뒤져봐도 온데간데없다
유년의 시간으로 돌아가 예쁜 그녀를 데려와 놀다
가는데
폰 속 속보가 불시에 날아들고
길거리를 헤매고 있는 치매
통과의례처럼 찾아오는 무서운 매
성큼성큼 찾아오는 망각의 강
찬란하게 쏟아지는 노을빛은 왜 저리 아름다운가!

음양의 회로

오래된 그녀가 전화기에 출현했다
묵묵한 시간은 잠든 촉수를 일깨우고
파도처럼 밀려와 낯선 시간을 배회했다
대륙에서 온 그대
아모르파티에 몸을 실었다

엘리베이터가 10층에서 정지하는 순간
출근모드에 빨간불이 켜졌다
사고 일 번지 미끄럼 층층
입원병동에 출근 표를 찍고

목발로 일어서던 날
예정에도 없던 썸이 시작되다
무지와 미지를 개척하던 시간은
붉게 물든 계절이 찾아오고
바람 불어와 우수수 낙엽이 휘날리던 밤
화사한 봄날은 저만치 멀어져 갔다
적도의 끝 그 열렬한 고독도 끝이 났다

코로나도 가고 그녀도 떠나버린
홀로 찬란하게 걸어가는 거야

길은 사방으로 열려있고
사랑은 끝없이 오고 끝없이 가는데
떠난 건 아무것도 없다 마음이 가고 있는 거야

바람이 불고
가을비에 붉게 물든 산하
행간에서 붓이 젖고 그대와 함께 했던 시간들이
멀어져간다

하늘을 날아갔던,
저 새는 소식이 없다

낙엽

풀어헤친 가을

나무들의 행간에 앉아
그림 한 폭 그려놓고
바랑도 없이 어디로 떠나려하는가

황포를 걸쳐 입고 거리로 나선 방랑자여
발밑을 서성이는 낮은 곡조는

누구를 위한 아리아 인가

섬에서,

그녀는 바다를 보고 싶다 했고
그는 모처럼 만나자고 했다

마스크를 벗어 버린 해우
바퀴 안은 화기애애하다

귀는 항상 조용했고 입술 속은 땅콩 까먹듯 고소하게
맞장구가 터져 나왔다
도심을 벗어 나온 마차는 바다 위를 달렸다
멀리 보이는 수평선 너머 다문다문 작은 섬들
밀물과 썰물의 대화
물 빠진 바다는 노를 젓 지 않는다
삼삼오오 바다를 줍고 있는 이 새 저 새

전설처럼 밀려오는 바다
바다에 육지를 내려놓고
섬이 되어버린,
섬과 섬 사이 다리가 서 있다
섬이라 불러야 하나 육지라 불러야 하나 고민하고
싶지 않은
바닷물에 국수를 끓여놓고 바지락을 주워 먹었다

짭조름한 바다를 내면에 저장하고 하루를 풀어버렸다
멀어져 가는 삶의 물결들을 아련하게 바다에 쏟아놓고
발걸음을 재촉한다
마차의 고마움을 행간에 올려본다

글을 마치며

꽃이 피고 지는 건 꽃의 소관이 아니다

순전히 바람의 짓이다

내면을 무던히도 버무렸을 바람

혈을 따라 나온 것들은 아픔이다

행간에 올라 선

아직도 여물지 못한 결핍이여

툭

떨어져도 아쉬울 것 없는

,